양영숙 창작시집

새날을 기다리며

아연(雅然) 양영숙 시인은 서울에서 태어났습니다. 성동여자 실업고등학교(상업과)를 졸업하였고 지금은 아산에 거주하고 있습니다. 여고시설 문학에 관심이 많았지만 장녀인 관계로 문학에 대한 꿈을 일시적으로 접을 수 밖에 없었습니다. 이제 잊고 있었던 꿈에 새롭게 도전하려고 합니다. 현재는 아산에서 한우축산업에 종사하고 있습니다. 가족에게 충실하며 좋은 가정을 이루는데 모범이 되어 2001년 아신시장으로부터 효행상을 받았으며 2004년에는 기독교 대한감리회 충청연회온양서지방에서도 효행상을 받았습니다.

인향문단 시선 16

새날을 기다리며

초판1쇄 인쇄 l 2021년 3월 31일
초판1쇄 발행 l 2021년 3월 31일
펴낸곳 l 도서출판 그림책
지은이 l 양영숙
주 소 l 경기도 수원시 영통구 이의동 웰빙타운로 70
전 화 l 070-4105-8439
편집디자인 l 이정순 / 정해경
E - mail l khbang21@naver.com
표지디자인 l 토마토
ISBN l 978 - 89 - 6706 - 371 - 9   03810

양영숙 창작시집

새날을 기다리며

새날을 기다리며 시집을 펴내며

소소한 일상속 이야기가 있다.
사랑하는 글동무가 있다.

푸른 하늘의 뭉게구름
바라보며 웃는다.

언니!
너무 아름답고 예쁘지.

멋진 풍경이 좋아요.
그 풍경이 너무 사랑스럽고
아름다운 한 송이 꽃이다.

가을 바람 부는 들녘은
누렇게 벼가 익어가고

그 모진 폭우와 태풍 속에서
알알이 영글어 가는 모습이 경이롭다

너는 익을수록 고개를 숙이는데
난 무엇을 감사하는지…

내 곁에 함께 하는 당신이 있어
나는 행복해.

글동무가 손잡고 말동무되어
외롭지 않네.

인생의 황혼으로 해질 무렵
찾아온 이 행복…

저녁 노을 붉게 타오르는
찬란하고 아름다운 모습이 되어

멋진 인생의 길 도전하는
내 인생의 2막이 되어지기를 바라면서
이 시집을 펴낸다.

그리고 말없이
내 옆에서 시를 쓰는 나를 응원해주고 격려해주는
고희를 맞은 사랑하는 남편에게
다시 한번 감사의 말을 전한다

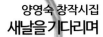

양영숙 창작시집
새날을 기다리며

새날을 기다리며 시집을 펴내며

새날을 기다리며 시화집

새들의 합창

오늘의 밥상

나도꽃이라네

아낌 양영숙

꽃봉오리 처럼 어여쁜 시절에
꿈많은 수줍은 소녀였지
곱게 피어난 한송이 백합처럼
향기로운 꽃송이가 피었네
그향기에 취해서 꽃병에
두고본 세월을 지나서
강하고 억척스런 또순이가
되었답니다
그래도 당신에게는 꽃이고 싶어
맛있는 음식으로 아양을 피우지요
어때요 맛있나요 괜찮아요?
웃음꽃이 피어난다 호호호

새날을 기다리며

시화집

새날을 기다리며

- 양영숙

눈을 뜨면 또 새날
새날은 인생의 기쁨과 환희

붉게 솟아오르는 저 태양
바다를 태운다

인생의 긴 터널 속에서도
처음과 나중 함께 공존하는
저 붉은 태양

온 천지를 불태우며
지금 이 땅에 범람하는 재앙도
뜨거운 태양의 열기로 태워
사라지게 하소서

기쁨과 환희로
가득 찬 새날 되길 바라며

삼월의 첫날
- 양영숙

새바람이 부는 역사적인
그날

독립투사들의 애국정신
저 가슴 뜨거운
그 심장의 요동
이 땅을 사는 모든 이에게
전해주소서

푸른 하늘 우러러 부끄러움 없고
열심히 살고자 몸부림치는
대한민국의 모든 국민에게
힘을 주는 날이 되게 하소서

아직도 희망과 용기는
우리에겐 남아있네!
할 수 있어
모두 힘을 내어보세

몽당연필
- 양영숙

내 이름은 연필입니다
주님 손에 붙들린
연필 한 자루

영혼 살리는
글을 쓰시는 연필

때로는 편지로
때로는 책으로 쓰여
나는 점점 짧아지지만
주님이 쓰시니 나는 족합니다

내 이름은 연필입니다
주님 손에 붙들린
몽당연필

시골 인심
- 양영숙

닯닯하고 심란해
TV 리모컨 던져 버리고
동네 한 바퀴 돌아보았네
허리 굽은 우리 동네 어르신
양지쪽에 앉아서 쪽파 뽑아 다듬고 있네!
반가운 얼굴로 인사하니
교회도 못 가신다고 하소연하시고
동네 할머니 햇된장 맛보라고
한 사발 퍼서 싸주시면서
맛있게 익은 조선간장
큰 병에 담아 주신다

누렁이는 내 앞에 앉아 재롱 떨고
푸른 하늘엔 뭉게구름이
멋지게 수를 놓고 있네!

농촌의 정취는
우리 모두 마음의 고향

남편과 나

- 양영숙

소먹이 주고서
흰 눈 내리는 들녘을 바라보니
감사의 마음이 충만

이 나이에 욕심을 내려놓고
남편과 같이 컴퓨터 앞에 앉아
글을 쓰고 있는 지금
너무나 감사해

모든 것이
마음먹기에 달려 있는데
지금이라도
깨달았다는 것이
행복

새들의 합창

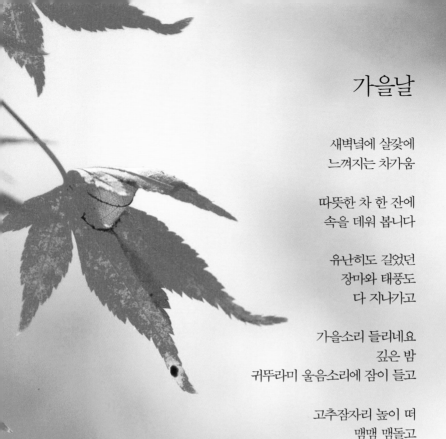

가을날

새벽녘에 살갗에
느껴지는 차가움

따뜻한 차 한 잔에
속을 데워 봅니다

유난히도 길었던
장마와 태풍도
다 지나가고

가을소리 들리네요
깊은 밤
귀뚜라미 울음소리에 잠이 들고

고추잠자리 높이 떠
맴맴 맴돌고
제비들의 군무는
강남 갈 채비를 하네

가을소리

들리나요
가을소리가…

시원한 바람의 소리
철따라 우는 새들의 합창
쓰르르 쓰르르 쓰르라미 노랫소리

고요한 논두렁 사이
물 흐르는 개울물 소리

농부들의 부지런한
발걸음 소리가 들리나요

무르익는 벼이삭 사이로
바람이 사각 사각
스치고 지나가고

먼 산에 까마귀 까악까악
울음소리가 들린다

봄바람

봄바람은
어디서 불어오나

꽁꽁 얼어붙은 땅위에
스물스물 녹아내리는 모습
눅눅한 물기를 머금고

저수지의 꽁꽁 얼어붙은 수면위로
얼음장은 녹아내리고
천둥오리떼 군무는 장관이다

살갗에 스치는 바람은 훈풍

답답하고 억눌린 마음을 녹여주고
산 까치 울음소리에 귀가 즐겁고
새들의 비행은 새 희망을 품게 한다

코스모스의 추억

동구능 밖
소풍 가던 가을엔
가냘픈 소녀 같은 코스모스 만개한
아름다운 추억의 길이 있다

코스모스 한들한들 피어있던 길
향기로운 가을 길을 걸어갑니다

흥얼거리며 노래하고

어머니께서 정성껏 싸주신 김밥 도시락
삶은 계란과 사이다, 빨갛게 익은 사과
친구들과 둥글게 앉아
맛나게 먹던 추억이 생각난다

경칩

며칠 전부터 개굴개굴 우는
개구쟁이 청개구리
귀 기울여 들어보며
우는 소리 들리남 하고
남편이 물어보네

어쩌면 그렇게도
때를 잘 아는지 신기도 하지
오늘이 바로 경칩

바람이 분다 1

살랑살랑 살갗에 닿는 따스한 훈풍
노랑나비는 꽃 찾아 날도 벌도 비행을 하네

까치와 참새떼 서로 마주보고 앉아서
까악 까악 짹짹짹

비둘기는 외양간 사료 통에 앉아서
먹이를 먹고 나면
구구구 동무들 불러
함께 즐거워하네

소나무 꼭대기에 앉은 까치들의 지저귐
소리에 잠잠하던
내 맘에 봄바람 분다

새들의 합창

아침을 알리려 새벽을 여는
새들의 소리

봄 바람은 불고
태양은 힘차게 솟아오른 이 아침에
부엌 한켠에 튤립 꽃망울 활짝 펴
눈인사 하면 이에질새라
수선화 날 바라봐하며 씽긋이 웃네

창문 밖에 새들은
노랫소리 드높여
짹짹짹… 찌르르짹
나를 일으켜 밖으로 이끈다

소망

꽃 보다 아름다운 너
잠깐만이라도 너는 나에게 향기를 주고
내 곁을 떠나지

살짝 미소 짓고
피어나고 시들지만
내일을 기약하며
삶에 용기와 희망을 꿈꾸게 하는 열정
내 속에서 용솟음치는 너

나는 정말로 고마워
그리고 사랑해

꽃밭

메마른 땅에
잡초만 무성한데
호미로 풀뿌리 뽑고

화원에 들러서 사온
꽃잔디 패랭이꽃
키 작은 채송화
앞줄에 심어 놓고서

노란 팬지 보랏빛 팬지
줄을 맞추어 사열해본다

하우스 옆에 자투리땅에
서울 색시 난생 처음
꽃밭 만들고
싱글 벙글

오늘 이 하루 1

지금 이 순간을
모두 다 집중하여
살아가고 싶습니다
당신을 향하여

나의 연약함
내 모습 이대로
당신이 원하시는 삶이 되어지길

깨어지고 상처뿐인
못난 내 모습 속에 함께 하시는
그분의 손길을 통해
만지심을 느끼게 하소서

떠오르는 저 태양을 향해

안개

뿌옇게 피어오르는 기류
새벽녘 저수지 앞에
연꽃의 아름답고
고운 자태도 묻어버린
너의 정체는 안개

시야를 가리운다
우리의 마음속에 웅크리고 있는
추악한 이기심도
한없는 욕심과 편견도 가리운채
오늘 하루 살아가진 않았는지

모든 허울의 껍질을 벗어던지고
오직
순수한 모습의 나이기를…

광풍이 불더니만

어제는 세찬 광풍이 불고
화마가 휩쓸고 지나가고
순식간에 삶의 보금자리를 잃어버린 이웃

오늘은 어제의 일을 잊었는지
눈을 떠 밖으로 나가보니
천지가 잔잔한 새날이죠

글쎄 언제 그랬나 하는 듯이
옹기종기 모여서 의논을 하고 있는 모습을 보니
우리의 인생은 생각지도 않았던
회오리의 광풍이
코로나의 거센 공포감이 엄습 해와도
다시 한 번 더 일어설 수 있는
용기와 희망이 있음에 감사할 뿐이네

전화위복의 기회로
오늘의 말씀대로 위기가 기회로다

생명의 말씀으로
위로와 격려를 받게 하심을 감사
부활의 주님께 영광을…

오늘 이 하루 2

눈을 뜨고 숨을 쉬니 기쁘다
오늘 이 하루를 감사합니다

사랑하는 식구들과 함께 하니
오늘 이 하루가 감사합니다

아침에 식탁에 맛난 음식을 대하니
오늘 이 하루 고맙습니다

날마다 때마다 함께 하는 님이시여
오늘 이 하루도 행복하소서

우리 모두의 안녕을 빌 수 있으니
오늘 이 하루를 사랑합니다

동행

인생의 길
삶의 여정 속에
우연을 가장한 필연이 숨어있네

노랫말 가사처럼
우리 만남은 우연이 아니야
그것은 우리의 바램이었소

나는 크리스천이다
만남과 헤어짐도
그냥 그렇게 된다고 생각하기 보다는
만날 수 있도록
인도하시는 그분을 믿고 감사한다

문학의 장을 통해서
나의 노년의 삶이 풍요롭고
행복으로 충만한 순간 순간을
맛볼 수 있게 하신 여호와 나의 하나님
감사와 영광을 돌립니다

새들의 향연

외양간 앞에 앉아
너희들의 노랫소리 들어본다

짹짹 정말 날씨가 좋아요
찌르르찌 소풍가고 싶어요

어디로 갈까 까악 까악
소나무 꼭대기에 앉아
아니야, 은행나무가 좋아요

바람도 시원하다
저수지도 보이지
파아란 하늘의 뭉게구름

까치들의 까악 까악
소리와 함께 비행하며 날아간다

더 높은 곳을 향하여
더 높이

바람이 분다 2

벚꽃이 활짝 피어나
환하게 웃는다

오고 가는 길목에
너도 나도 앞다투어 피어오르고
보는 이에 얼굴엔 미소가 활짝 핀다

바람 부는 꽃잎, 꽃비가 휘날리어
하얀 꽃눈 도로 위를 덮어주고
향기로운 벚꽃 냄새가 내 코를 자극한다

답답하고 울적함에
꽃길 찾아 헤매던 여인의 목마름에
마음껏 꽃에 취하고
향기에 취하고

추억을 더듬어
옛 사랑에 취해 본다

수양버들

연못 한 가운데
고고하게 서 있는
네 모습을 바라보며
상념에 젖어든다

어찌 그리도 기품이 있고
멋지게 휘어져
바람이 부는 데로 흔들흔들 춤추고

그래도 한 가운데 꼿꼿한 자태로
한곳으로 치우치지 않는
너의 모습을 보니
새로운 희망과 용기도 솟아난다

봄비

가뭄이 계속되고
은근히 기다리는
너의 소식

새벽에 눈을 뜨고
창을 열고 보니
봄비가 내리긴 내렸어요

감질나게
먼지도 씻어서 내리지도 않았네요

촉촉이 대지를 적셔 주면 좋을 텐데
기다리면 안 오시는
야속한 님처럼…

낙화

예쁘게 피어오르고
상큼한 너의 모습에
l황홀해서 어찌할 바 모르는 나는
난생 처음 너에게 고백을 한다

난 너의 모습에
그윽한 향기에 매료 되었다고

하지만
봄바람이 시샘해
바람이 부는 대로
너는 생기를 다하고
꽃바람 되어 한 잎 두 잎 떨어져

초록의 잎만을 남긴 채
아스팔트 위에서 뒹굴고 있네요

다정한 연인들의 발걸음이
너를 밟고서 지나가네요

흔적

계절의 변화에 민감해진다
벚꽃이 피어나고
마음은 청춘이었다

설레임과 동시에 환희에 찬
시간들

봄바람 거세게 불고서
꽃비가 되어서
흐드러지게 핀 꽃잎

낙화되어 흩어지는
순간
나도 모르게 눈물이…

이놈의 감성은 늙어서도
변하지 않는구나

봄바람이 분다
마음속에 잠자던 추억들이
잔잔한 파도처럼 밀려온다

지금은 흔적도 없이 사라진
내 맘 속에 잔재가 되어버린
옛날이야기 …

비가 개인 오후

주룩주룩 봄비가 내린다
모내기를 하느라 농부의 일손은 바쁘다

숨을 돌리고 논밭을 돌아보니
초록의 물결을 이루고
비를 머금은 고추밭도 싱글벙글 웃고 있네요

처마 밑에 제비도
온종일 뚜루루 지지배배
둥지를 틀고 앉아서 쉬고 있네요

온종일 표도 안 나는
집안 일은 여인네의 손길을 놓지 않고
아침부터 동동거리고
허리 펴고 차 한 잔

오늘 점심은…
돌아서면 서너시

아이고야 하루에 두 번만
삼시세끼가 내 발목을 붙잡네

비 개인 하늘을 바라보니
어머나 이렇게도 예쁜 모습으로
날 바라보며 웃고 있네요

한 여름밤의 풍경

뜨거운 열기로 지치고
피곤한 심신을
시원한 선풍기 바람을 쐬면서
쉬고 있노라니
만사가 편안한 저녁

서방님 거실TV 리모컨 독차지하고
소파에서 뒹굴 뒹굴
마나님 주방 식탁에 앉아
낮에 읽던 시집 한 권을 들고서
여기 저기 책장을 넘기면서
읽고 있노라니
세상이 부럽지가 않네

얼마나 바쁘고
고달픈 삶이었던가

나이 들어 가는 것도
그리 나쁘지만은 않네

세상만사가 마음 먹기에 달렸다는데
이 한여름 밤의
이런 호사가 어디에 있을까

비는 멈추고

창 떼같이 쏟아지던
비는 멈추고
하늘엔 뭉게구름이
수채화를 그려놓았다

눈이 부시도록
찬란하고 아름다운
한 폭의 그림

어느 이름난 화가도
창조주의 솜씨를 어떻게 따를 수가 있을까
하늘 한 번 쳐다보고 탄성을 토해본다

눈으로만 담기에는 너무나도 아쉬워
달리는 차안에서
긴 목을 빼고 사진을 찍어 봅니다

논밭에 곡식도
초록의 물감을 머금고
바람에 너울너울 춤추고
콧노래가 절로 나는
화창한 비 개인 오후

꽃과 여인

여인이 꽃인지
꽃이 여인인지
알 수가 없어요

아름답고 예쁜 것이
꽃이건만 당신의
모습은 꽃을 닮았네

꽃의 향기는
벌과 나비를 유혹하는데
여인의 향기는 그윽하여
그 내음에 취하여
황홀하구나

당신의 아름다움은
그 감성과 마음에서
피어오르고 흩날리네

새벽비

주르륵 주르륵
비가 내린다

양철 지붕에
요란한 소리
새벽잠을 깨운다
처마 끝에

낙숫물 소리
우두둑 뚝뚝

잠에서 깨어
한참을 멍 때리고
텅 빈 머릿속엔 흥얼거리며
노랫말이 나오니

새벽비가 내리네
기차를 타고
이름 모를 거리를

도돌이표처럼
또다시 되뇌이곤
불러본다

새벽비가 내리네

집중호우

쏟아지는 빗소리에
마음이 심란하다
촉촉이 내리는 비는
낭만이 있어서 좋았다

무섭게 내리는 폭우
넌, 너무나도 버겁단다
속수무책이다
많은 피해를 주는구나

이젠 그만 멈추어다오
위험수위에 차올라서
널 어쩌란 말이냐
어느 누가 막으리까

변덕스러운 날씨에
마음도 변덕을 부리는구나

앉았다가 누웠다가
방안을 서성거리네

비가

추적추적 온종일 내리는
빗소리에 귀를 기울여
듣지 않아도 너무나도 잘 들린다

방구석에 틀어박혀서
핸드폰과 한 편 먹고서
밴드의 소식에
두귀를 쫑긋 세운다

옥수갱이 한 솥 쪄서 놓고
차 한 잔 타 놓고선
소파와 한 몸 된 남편을 불러본다

나이들수록 말랑말랑한
옥수수 찾아서 하모니카 불더니만
이내 소파 옆으로 원대 복귀하고
나 혼자
쓸쓸하게 고독을 꼭꼭 씹는다

입추가 왔는데도
비는 갈 생각이 없네

비는 멈추고

다행히도
잠시 비는 멈추고
하늘에는 잿빛구름 그릴지라도
한숨 돌렸다

그런데 태풍이 온다는데
제발 좀 잠잠하게 지나가거라

여기저기 제방둑 무너지고
나의 맘도 안타까워 무너진다

당한 아픔을
어떻게 위로해 줄까나

간절히
두 손 모아 기도하네

고목

너는
수많은 세월 동안

모진 비바람을
그리고
눈보라를 맨 몸으로 다 견디며
꿋꿋하게 이겨내고

그 자리에 곧게 서서
하늘을 향해 올라가고
땅 속 깊이 뿌리내리네

반세기를 넘었을까요
한 세기를 넘었는지요

알 수는 없지만
너의 그 고고한 자태에
나는 너를
사랑해

가을의 문턱 1

지루한 장마를 뒤로 하고
살갗을 스치는 바람이 시원하고
기분 좋게 느껴지네

고추밭에 붉게 익은
빠알간 고추
모진 비바람 속에서도
제 할 일은 다하고 잘 붉었네

고추잠자리도 맴도는 한낮에
하늘은 높고
뭉게구름 아름다워
여인의 마음을
설레이게 한다네

가을의 문턱 2

아침에 산책을 하기로 마음 먹고
길을 걷는다
상쾌한 공기를 마시며
논에 벼이삭이 올라와 춤추고 있다네

고추잠자리 맴돌고
산들바람 살랑살랑
얼굴을 스치고 지나가네

야생화 꽃 사진에 담고
푸른 창공을 바라보며 날고파
날개를 펼쳐
훨훨훨
파란 가을하늘을 비상하고 싶어라

가을소리

들리나요
가을소리가…

시원한 바람의 소리
철따라 우는 새들의 합창
쓰르르 쓰르르 쓰르라미 노랫소리

고요한 논두렁 사이에
물 흐르는 개울물 소리

농부들의 부지런한
발걸음 소리가 들리나요

무르익는 벼이삭 사이로
바람이 사각사각 스치고 지나가네요

먼 산에 까마귀
까악까악
울음소리가 들린다

8월의 어느 날

새벽 산책길에서
가을의 소리를
들었어요

쓰르르 쓰르르
쓰르라미의 노랫소리
고추잠자리의 맴도는
춤사위도 너무 멋지네요

한나절 소나기
우르릉 쾅쾅쾅 번쩍번쩍
쏴아악 쏴아악 빗소리

아직도 장맛비가 남아 있나
태풍이 온다네요

코로나의 물결도 다시 확산
상쾌한 바람은 불어오는데
언제나 우리의 삶속에
희망의 훈풍이 불어올까나

그래도 들판의 곡식은
때가되면 황금벌판을 이루겠지요

새벽이슬

밤새도록 숨죽이고
모든 만물이 잠들었네

새근새근 잠든 아가
쿨쿨 잠든 신랑

밤새 불침번을 한 귀뚜라미
귀뚤귀뚤 뚜르르

노랫소리에 자장가 삼아
나도 모르게 스르르 깊은 잠 잤네

풀잎에 앉은 이슬방울
도르르 맺혀 있고

장미꽃 잎에 앉은 이슬방울
눈물 되어 맺혀있네

바람 부는 동녘 하늘
태양도 살금살금 머리 드네

국화꽃 향기

노오란 국화꽃
향기가 스치고
지나갈 때마다

여인의 향기인지
청춘의 향기인지
그 향기에 취해본다

아침 이슬방울 맺힌
너의 모습은

갓 깨어난 노랑 병아리보다
더 예쁘고 아름다워

산들바람 불어오니
온천지에 너의 존재를
향기로운 냄새로
유혹 하는구나

라일락 첫사랑

그윽한 오월의 꽃향기가
교정에 가득할 때
등나무 벤치에 앉아서
편지를 쓴다

삼삼오오 친구들
함께 모여 이야기 꽃 피어나고

하늘엔 뭉게구름
꽃바람에 향기 실어
꽃편지를 띄운다

꽃 따는 여인

가을 국화꽃 향기가
여인을 유혹 한다

가을바람에 코끝을 자극하고
노란 꽃송이

봄철에 피는 개나리는
청순한 봄처녀 향기
가을에 핀 노란 국화꽃 향기는
농익은 여인의 향기

꽃송이 한잎 두잎 올려
우리 님 고운 찻잔에
내놓고 싶어라

그리움

깊은 밤 귀뚜라미
울음소리
가을바람 스산하고

새벽녘
온몸으로
한기가 느껴진다네

무던히도 더웠던
한여름은
다 지나가 버렸네

이 계절이 지나고나면
또다시
그리움 되어
너를 추억하겠지

단풍과 황혼

곱디 고운 옷 갈아입고서
너는 원숙하고 농익은 모습 뽐내듯이
이리도 매혹적인 자태로
유혹하는구나

오솔길을 걷다가
너의 손짓과 미소에
발길이 멈춘다

서산마루에 걸친
저 붉은 태양
마지막 작별인사를 하누나

인생의 고뇌와 얼룩진 상처도
곱게 물든 단풍으로 덮어주고
저붉은 황혼 빛으로 물들여주오

모든 것이 지나가는
정점인 것을…

가을하늘

높고 푸른 가을하늘
너무나도 눈이 부셔서
눈물이 납니다

도화지에 뿌린 물감보다
더 파란 가을하늘

그 사이에 비친
오색의 나뭇잎조차도
한잎 두잎 떨어져서 슬프게 합니다

나도 모르게 슬퍼서
괜시리 흐르는 눈물
밭고랑에 앉아서 노래를 불러봅니다

가을의 노래
계절도 가을
내 인생도 가을

해는 서산마루에 걸쳐 넘어가네

노을

우리 집 아궁이에 불 지피면
모락모락 연기 피어오르는 모습

붉은 황혼빛 산 능선에 걸터 앉아
노부부의 사랑 살짝 훔쳐본다

멍멍이 짖는 소리 정겹고
부엌엔 된장국 끓이는 소리

보글보글 밥상 위에 올려놓으니
마주 앉아 도란도란
붉은빛 닮은 정겨운 노부부의 사랑이야기

가을밤 황혼에 물든 노을처럼
익어만 가네

가을비

새벽녘 들리는 빗소리에
귀를 기울여 봅니다

메마른 마음을
촉촉이 적셔주는 듯이 나른하고
편안함이 너무 좋아 뒹굴뒹굴

길가에 떨어진 낙엽 쓸어서 모으는
미화원 아저씨들
일손을 멈추고 쉴 수 있겠네

가을은 낭만이 있어서 좋았지
비 내리는 날이면 가을비 맞으며
종로에서 집까지 걷다 걱정하는 엄마의 목소리
"감기 걸린다"
내 귓가에 맴도는 추억이 생각나고
음악다방에 앉아 친구들과 수다로
비가 멈추기를 기다리던 나의 벗들

지금 어느 곳에서 이 빗소리를 듣고 있을까
세월의 흔적이 낙엽 되어
우리 인생의 가을을 만끽해보자

마지막 잎새

마지막 작별 인사를 하려는 붉은 잎
오고 가는 이들의 마음을 사로잡는다

꺼져만 가는 붉은 잎
슬프도록 아름답다

모두들 익어간다고 말은 예쁘게 하지만
우리네 인생 황혼에 접어들면
마지막 잎새와 다를 게 없어라

이것이 세상 돌아가는 순리인 것
순응해 가며 살아야 하네

낙엽이 지면 동장군
마중 나오듯 동장군

다시 동장군이 떠나면
모든 만물이
소생하는 봄이 오겠죠

첫눈

첫눈 내리는 날
바람에 흩날리는
하얀 꽃송이 같은 눈

텅 빈 논과 밭을 덮어주고
온 산야를 덮어주네

한 해 동안 쉼 없이 일하던
논과밭
오곡백과 주렁주렁 열어주고
풍성한 먹거리 내어주던
땅의 고마움

솜사탕 같은 하얀 눈으로
포근히 감싸 덮어주네

낙화

꽃향기는 여인을 유혹하고
향기로움에 취해 봅니다

영원할 것 같은 순간들이
바람에 흩날리는 꽃눈이 되어
길거리에 뒹굴고 있네요

생기발랄한 소녀 같은 시절은
다 지나가고
누런 잎으로 변해가네요

아쉬워서
옛 추억의 아름다운 너의 모습을
내 기억 속에서 꺼내보네요

기다림

멍하니
텅 빈 논과 밭을 바라본다
한 해 동안 쉼 없이 일하던 그곳을…

찬바람이 불어오고 낙엽만이
뒹구는 쓸쓸한 오후

난 그리움에 젖어
한 곳을 말없이 응시하고 있네

푸드덕 거리면서 날아가는 산새
너의 모습을 보고 있단다

사진을 찍기 위해 널 기다린다
힘차게 비상하는
너의 모습을 담기 위해…

눈

하얀 눈 소복이 내렸네
지붕 위에도
장독 위에도

온 천지를 포근히 덮어주니
아름다워 눈이 부시네

나뭇가지 위에 내려앉아
살며시 미소 짓고 날아가는
저 새도
지저귀며 노래하네

찬란하게 빛나는 태양처럼
반짝반짝 빛나는 보석이 되네

한파

새해의 시작과 함께 연이은 한파에
얼어버린 날씨가
몸과 마음을 움추러 들게하네

극성을 부리는 코로나19
변이된 바이러스가 위협을 하네
어느 곳 어디나 안전한 곳 없네
거리두기 마스크 손 씻기만이 최선인가

추워진 날씨만큼 얼어붙은 민심을
녹일 수 있는 방법은 없는 것일까

하루속히 어려운 이 시기가
잘 지나가길
간절히 기도합니다

하얀 눈

밤새 내린 하얀 눈이 온 산야를 덮어버렸다
까마귀 앉아 놀던 소나무 가지위에
장독대 위에
천지가 하얗고 눈이 부서서 눈물이 납니다

먼 산에 단풍으로 물들었던 나뭇가지에
목화솜 보다 더 포근히 감싸 덮어주네

발자국 남기고 싶어서
혼자 걸어요

뽀드득 뽀드득 노래 부르며
내뒤를 따라오는 나의 발자국

내 삶의 영역을 그려주는
첫 새벽 하얀 속살의 발자국

발자국

첫눈이 내린
이른 새벽

잠에서 깨어난 고양이
내가 먼저 가서 찍을 거야
하얀 발자국
신나게 놀아 본다

하얀 꽃송이 같은
겨울 왕국의 주인처럼

동장군

영하의 날씨가 계속되고
혹한과 한파에 폭설까지

꽁꽁 얼어붙은 민심에다
날씨까지 더하여
하루의 삶 어려움에 짓눌린다

소한도 지나가 버렸으나
동장군이 버틴다
발버둥치며 애를 쓰지만
얼음장 밑으로 봄이 오고 있네요
슬그머니 온다네요

새들이 지저귀며 노래하네
봄을 재촉하는 새들의 합창이
창문의 바람결에 들려오네

겨울비

추적추적 내리는 빗소리에
내 마음도 젖어드네

떠나간 님 기다리는
여인네의 눈물인가

한겨울에
기나긴 밤

잠 못 이루고 뒤척이다
뜬눈으로 지새우고

첫닭 운다
꼬꼬댁 꼬꼬

오늘의 밥상

마누라 밥상

정성 드려 차린 밥상
타박하면 밉상이요
감사하면 곱상일세

젊은 날엔 꿀맛 같더니
나이 들어 입맛 없구나

배고픈 시절에는
꽁보리밥도 맛나더니
쌀밥에 고기반찬도
밥맛없어 싫다하네

일요일

왠지 모르게 늦잠 자고파
눈은 떴지만 뒹굴고 있네

학교 안 가는 여학생처럼
나이 들어도 쉬는 날은
몸이 용케도 아는가보다

누어서
윗몸 일으키기

음악도 들으면서
쉬고파

발가락
장단도 맞춰보네

벤치

텅빈 너를 보니
쉬어가고 싶어

살짝쿵 앉아서
먼 산을 본다

혼자만 있는 것이
문제였다
괜시리 쓸쓸해진다

그대와 나
언제 나란히 밴치에 앉아서
쉬어 보았나

먼 옛날의 추억

설레임

파란 하늘의 흰구름
둥실 떠가는 너의 모습이 나는 좋아

물감보다 더 파란 그 위에
한 조각 구름이 너무 좋아

날개 달고 날아가서
안아주고 싶어라

새파랗게 삐죽이 얼굴 내민
마늘밭에 새순이 너무 좋아라

물기 머금고 이슬 맺은
풀잎 너를 보니 싱그러워라

풀섶에 앉아서
개굴개굴 울고 있던
개구리 너를 보니
반가워 미소를 지어보네

살갗을 스치고
지나가는 봄바람에
내 마음도 설레인다

깊은 밤

무섭게 내리는 폭우
빗소리가 내 가슴을 때린다

이제는 너에게 지쳐
잠 못 이루는
불면의 시간들

많은 이들의 가슴은
미어터진다

아아 통재라!
여기저기 비탄의 소리

메아리 되어 온천지를
뒤흔들고 있구나

흰 눈썹 황금새

아름다운 님
어쩌면 그리도
고운지요

님의 모습은
찬란한 황금빛
무지개

매혹적인 목소리
사랑의 세레나데

당신의
사랑고백

이별

만남의 때가 있으면
반드시 헤어짐의 때도 있다

설레임과 기대를 가슴에 품고 만나
사랑했던 추억도
시간의 흐름 속에 퇴색하여지고
미워하고 원망하며 떠날 때는
서로를 응시하며
여기까지가 우리의 인연이었나 돌아설 줄 아는
지혜도 필요하다
바늘허리 메어서
쓸 수는 없는 노릇이니까

서로를 위하여 나의 길을 가리라
떠날 때는 말 없이 축복을 빌어본다

사랑했었노라고…

오늘의 일기

하루 종일 무섭게
내리는 폭우

빗줄기가 아닌
폭포수 소리네

처마는 물을 감당하지 못하고
넘쳐버리네

아우님 덕분에 도로 사정도 알고
무료한 시간 아니 무섭기까지 한
오늘 하루를 보내며 저녁을 맞이하네

전화로 서로의 안부를 물으며
걱정하는 이 하루가 간다

내일은 또다시 밝은
태양이 떠오르겠지

사랑

무심히 쳐다보던 밤하늘의 별
캄캄한 하늘을 밝게 비추는
만월의 둥근 보름달이 내게
의미가 되어 다가오네

왠지 요즘 내 심장의 두근거림이
느껴진다네

누군가를 그리워하며 기다림이 그리움 되어
이분 저분 쌤님들의 시를 대하며
저 너머에 간직한 모정 그리며
애틋한 마음으로 늙으신
어머니의 굳은 살 박힌 발을 만지며

벌써 구순을 넘으신 어머니 머리맡에서

어릴 적 어린 날 잠 잘 때 불러주신
자장가 토닥토닥 불러 드리면
어느새 스르르 잠드시는 모습 속에

흐르는 시간 야속하게도
내 어머니의 주름진 세월의 흔적
안타까이 바라보며
애달픈 맘 속 깊이 피어오르고

내 나이 서른에
철없는 불효 여식 뒤로 하고
밤하늘의 별이 되어 이 세상에
남겨둔 오남매

학교 가는 길

내님 어릴 적에
십리 길 동무들 함께 모여
산 넘고 굽어진 고갯길 걸어서 가네

운이 아주 좋은 날이면
마차에 새우젓 가득 싫은 뒷컨에
동네 친구 모두가 올라타고
달구지 덜컹대면 함께 웃고
비린내 나고 짭조름한 새우젓 맛보며
서로 눈 찡끗 하네

집에 돌아 오는 길엔 아카시아 꽃잎
한 움큼 입에 물고 맛나게 먹으면서
산등성이 이름 모를 산소앞 잔디에
서로 서로 뒹굴어 보며 놀다가 장난치며
집으로 돌아온다네

보자기에 싼 책보 마루에 던져 놓고
밭매러 이웃집에 어머니 일 가시고
부엌 한켠에 곱게 차려논 보리밥
무쳐 논 짭조름한 새우젓 물 말아
후루룩 먹고선
소먹이 풀 베러 가곤 하지요

저녁 밥상

글을 쓰면 배도 고프지 않다
무언가에 푹 빠져 본 지가 언제던가

기억 저편에 아스라이
떠오른 여고 시절
진해 해군 아저씨!

겨우 세살 차이 인데
그때는 해군 장병 아저씨께 라는
위문 편지

벌써 반세기가 지난 옛날이야기

편지 쓰고 우편배달부 기다리며
하루가 멀게 날마다 써내려 가는
많은 이야기들…

한참을 글쓰기에 몰두한 순간
여보! 나 밥 줘 소리에 깜짝 놀라서
부지런히 끓인 청국장찌개에
밥 한 그릇 뚝딱 드는
남편 모습

행복한 저녁밥상

꽃과 나비

여보야!
당신과 나는
한 쌍의 하모니

당신은 만월의 둥근달
난 그 옆에 빛나는 작은 별

님은 항상 내 곁을 지켜주는
나의 동반자 내 반쪽
삶의 의미

당신 있어
행복하고 기쁘다오
당신의 은발머리
세월의 흔적 속에
수많은 시련과 고난 잘 견디어
이겨낼 수 있어요

사랑으로 충만함 가득 차고
기쁨과 행복이 가득한
인생의 2막 시작됐네

사랑이어라!

눈 비비고 일어나
따뜻한 차 한 잔에
속을 채운다
피곤한 몸 저녁도
못 먹고 잠이 들었네

새벽까지 작업실에
앉아서 일하시는
훈훈한 외모의
선생님의 열정을
가슴으로 느껴 보네

스쳐가는 상념
누구나 다 인생의 바다
최선을 다하며 나아가지

뒤돌아보니 실패도
시련의 아픔도
죽을 수도 살 수도 없었던
순간도 또한
세월의 흔적과 함께
살아가는 게 인생

나를 불태워 다시는
실패 하지 않으리
다짐하지만
어찌 넘어지지 않나
다시 일어나 나아가자

오늘은 우리에게
행복이며 또한
사랑이어라

– 방훈선생님 고맙습니다!!

선택과 나

내 인생의 여정 속에
단 한 번도 타인이
내 일의 선택을 대신 해준
사람은 없습니다

갈 것인가 말 것인가
살 것인가 말 것인가
할 것인가 말 것인가
잘 것인가 말 것인가
믿을 것인가 말 것인가

내 선택이
지금의 내 인생

보고 싶다

정녕 네가 보고 싶어

향기로 가득 차고
환한 미소를
머금은 활기찬 일상이 그리워

어찌 된 영문인지도 모른 채
가족들과 마지막 눈인사도 못한 채
홀로 이 세상과 작별인사도…

어두운 그림자 걷어가고
빛과 소망이 찬란하게 빛나는
네가 보고 싶다

깊은 밤

트롯트 경연 대회
마지막 진선미 발표

꿈과 애환과 열정을 모두
쏟아붙고 결과만 남았네

온 국민의 사랑과 찬사를 받으며
박수갈채

보는 이로 하여금
흥미 진진한 시간 속에 탄생한
영웅들

그들의 노랫말이 온 국민들의
가슴 속 깊이 박혀
나의 노래가 되고 감동이 된다

사연은 다르지만 노래에 취해
두 눈엔 눈물이 흐르네

새벽에 일어나서 창을 여니
칠흑같이 어두운 밤
저 하늘에 별은 그 속에서 빛나고 있네

모정

자녀를 향한 애미의 마음은
무엇과도 바꿀 수 없는 간절함

나의 분신을
어찌 잊을 수가 있으랴

자나 깨나 너의 행복을
빌고 또 빌어 본다

생명을 다하는 날까지
내리사랑이라 하지

너를 내 품에 앉고
꽃중의 꽃, 장미꽃 보다 백합꽃 보다
사람꽃인 내 딸이 더 귀하고 예쁜 꽃이라
내 어머니는 말씀하셨지

내 나이 그 엄마의 세월보다
더한 시간을 보내고 있네

인사

안녕?
잘 지내고 있지
오늘도 입 막고
손 잘 씻고서
잔소리 들으면서
살아가길 바래

눈 인사로
문자로
댓글로
詩로 인사해

내 심장이 고동친다

삼진날

삼진날 되면
해 마다 찾아오는 제비의 본가
새로 신축 공사하는 제비
헌집을 개보수 하는 제비

이곳 저곳에서
짚과 흙을 물고 와서 공사를 한다
부지런히 집을 짓고
편안한 보금자리 완성되면
신방을 꾸미고 알을 낳는다

행복한 모습으로
한 쌍의 제비는
알을 낳고 새롭게 가정을 꾸린다네

지지배배 지지배배

올해도 박씨 물고 찾아와서
우리 내외 기쁘게 해 주겠지

코로나 땜시 늦장부리나

일상의 행복 1

매일 아침 눈을 뜬다
평범하지만 감사해요
어젠 지나가 버렸어요

여기가 아프다 저기가
아프다오 입에 달고 살아가지만 그래도
오늘을 맞이하여
아침 먹고 움직이네요
이것이 행복이네요

제비도 잊지 않고 찾아와
보금자리 다독이네요
부지런히 짚을 물고 와서
재잘재잘 분주하게 움직이네요

어젠 찬바람이 불어서
추운 날씨가 온화하고
일하러 온 아저씨들이 일찍이 오셨네요
활짝 핀 얼굴로 따뜻한 커피 한잔 정성껏 대접하니
사람 사는 맛이 나는구나

오늘은 행복 가득이네요

이별

오늘 새벽
그동안 정성껏 키워온 송아지
출하 하는 날

임신해서 십 개월 그리고 또 9개월 사료 먹이고
잘 자라서 분양 하는데
항상 장에 가는 날은 기대와 함께 서운하다

맘씨 좋은 주인 만나서
멋진 황소로 잘 자라거라

그동안 나에게 기쁨이 되어 줘서 고마워
안녕

인생은 미완성

우리의 삶은
항상
부족함 뿐이다

잘해 보고자
해도
뒤돌아서서
바라보면

그래 그땐
그게
최선이었지
하는
아쉬움이 남지만

그것을 통해
더욱더 성숙해지는 것이기에

나는
실망하지 않는다

배우고 익혀서

더 나은 내일을
기대할 수가
있으니까요

실패 했다고
낙심하자 말자

넘어졌나요
일어서봐요

지치고 힘이 들땐
잠시
멈추어 서서
그대에게
쉼을 주세요

다시 일어설 수가
있으니까요

잠시만
기다려주세요

증명사진

영감님 면허증
갱신하라고
엽서가 날러 왔다

사진관에 가 사진을 찍고
사진 속 모습을 보니
분명 낯은 익는데
왠지 모르게 낯설게
느껴지는 할아버지의
얼굴이 웃고 있다
백발의 노인이다

가슴 한켠에
쿵하는 울림이
작년 8월의 사고 후에
많이 변해버린
남편의 얼굴

회복은 되었지만
지팡이를 의지하는 것이
더 편안한
일흔을 바라보는
초로의 노인이
되어버린 당신

어쩌면 시집올 때
시아버님 모습과 똑같은 얼굴인지
성격까지도 닮아있다

시어머니 생전에
아버님 위하시던 그 모습
서울 색시 그대로 보고 배워
영락없는 그 집에 맏며느리로
늙어 가고 있네

미역국 일찌감치 끓여 놓고서
글을 써봅니다

여보, 생신 축하해요
그동안 너무 고생 많이 한 당신
이제라도 조금
편하게 살아갑시다

여보!
사랑해요
늘 함께 하길 기도합니다

강건하세요
당신이 있어
오늘도 난 행복하답니다

투표

오늘은 투표하는 날
국민을 대신 해서 일하는 일꾼을
우리의 손으로 뽑는 날이다
이날이 즐겁고 기쁜 날이 되길 바래본다
이날이 되면 설레이는 마음으로
투표에 참여 하지만
뒤돌아보면 실망과 자책뿐이다

내가 원하는 인물을 뽑았건만
일꾼인줄 알았지만 실망과 좌절을 안겨준다
기도하는 마음으로
다시 한 번 더 투표에 참여 해봐야지
이 어지러운 세상을 이끌어가는
진정한 일꾼이 되길 바라면서
소중한 한 표를 아낌없이 행사해보자

애월의 향기

어디서 불어오는지
그윽한 인생의 향기가
봄바람을 타고서 솔솔
불어오누나

우리네 인생의
연륜이 묻어나는
고달픈 고뇌와 연민

그 속에서 피어나는
환희와 또한 실망
기쁨과 또한 아픔

글을 통해서
쏟아내는 문학의 장 속에서
우린 만남을 통해 공감하며
소통하는 향기로운 꽃이 된다

너를 사랑해
모든 님들과 함께…

번개모임

육녀 아우가 마실 왔네요
다육이 농장 하는 경숙 아우
꽃집에 가서
이 꽃 저 꽃 끌어 안고
예쁘다 예뻐를 연발하며
구경하고 몇 개를 또 사왔는데 …

영감님 눈치가 보여
살며시 한 귀퉁이에 모셔놓고
세 여자 모여 상추쌈에 맛나게 먹는다네

장터에서 장사하다
점심밥해서 즐겁게 먹던
추억이 새록새록 나네요

소머리 삶아서 국밥 끓여 먹던 날
청국장 두부 넣고 부글부글 끓여서
장터 식구들 모두 모여서 맛나게 먹던 추억

오늘 점심은 추억 반찬에
상추쌈에 웃음꽃을 피웠답니다

행복한 번개모임

아버님 기일

87세에 소천하신 시아버님
기일이 음력 사월 초이레다

평생을 농사지으며 사셨는데
여름에는 작은 아버님과
해마다 장항선 열차 타고
대천 바닷가를 두 형제 분이 다녀오신다

여행을 즐기시고 중절모에 단장을 짚고
양복에 넥타이를 매고 멋지게 다니신다
농사꾼 중에서도 손도 무척이나
빠르게 움직이는 모습으로
팔십세 넘도록 현역으로 일하시고

고추농사 고추를 따도 양손으로

움켜쥐고 남보다 훨씬 많이 따신다
일꾼을 불러 일하는 날은 점심식사 드시고
제일 먼저 밭으로 나가셔서
며느리 입장이 곤란할 때도 있었지만

큰 며느리 생일에는
핑크빛 내복에
미역국 끓여서 먹으라고 소고기도 사다가 주시고
기차여행을 갈 땐 용돈도 손에 쥐어주고
밤중에 올 때는 손전등을 직접 들고서
역전에 마중을 나오시던 아버님

밤하늘의 별이 되어
지금도 내 곁에 계신 듯합니다
돌아가신 날에 혼자 임종을 지켜
맏며느리로 끝까지 감당할 수 있었는데
정말 형제간에 우애하는 일이 쉽지만은 않네요

아버님 이번 기일에는
막내네 식구들만 올 것 같네요
죄송합니다

올해는 윤사월이 껴서
장미꽃이 아직 피지 않았네요
아버님 가신 그날은
장미꽃이 흐드러지게 피어오르고
화창한 날이었어요

부디 편안히 쉬세요

세월의 흔적

젊음을 담보 삼아
열심히 질주한 뒤
숨이 턱에 차서
뒤돌아 보니

달리던 청춘은
온데 간데 없고
백발의 노인이 되어
기운 빠진 나를
붙들고 있네

왜 깨닫지 못했을까
젊음도 아끼고
시간도 아끼고
청춘도 아낄 것을

아낌없이 쓰다 보니
주름진 얼굴에
빠진 머리숱
허리는 굽고
손마디에 옹이진
세월의 흔적만이
나를 붙들고 있네

또 하루

새날이면 좋다
어제도
오늘도
내일도
똑같은 하루
하지만
같지만은 않다

무엇을 위하여
살아가는가

내일을 위하여

또 내일은
오늘이다

빗소리

깊은 밤에 내리는
빗소리에 가만히
귀 기울여 본다
와르르 와악
와르르 와악 쏴아

TV채널에서 흐르는
선율이 가슴에
파고드는 깊은 밤

빗소리와 함께
하모니를 이루고 있다

비긴어게인
음악은 청춘들만 느끼는
감성만은 아니네
젊음을 만끽하고

나 홀로
창밖에 내리는 빗소리와 함께
음악에 흠뻑 빠져본다

저 너머의
추억의 나라로

깊은 밤

초저녁에 한숨 자고
잠에서 깨어났다
딩동 소리와 함께
찾아온 손님이 계시네

애월의 향기와 함께
마음과 詩와 공감을 하실
멤버님 살며시 용기 내서
문을 두드리시네

환영합니다
반갑습니다
잘 오셨습니다
앞으로 함께 하고픈 문우님들의 장입니다

정감이 있는 글과
감성이 충만한 詩와
생활 속에서 느끼는 모든 사연을
우리 서로 공감하고 소통하며 나누는
글쟁이들의 놀이마당을
서로서로 만들어가요

그리움

나의 어머니! 당신은 나의 그리움
비 오는 날이면 오늘 하루 쉬어야지 하시던
장사 접고서 맛있는 김치 부침개 누룽지 튀김
그동안 못해주신 맛난 것
이것저것 챙겨서 우리 오남매 먹을거리 챙겨주시던
우리 엄마가 보고 싶다

서울역에서 기차타고 하인천까지
첫차로 가서 물건 사서 부치시고
하루 종일 좌판에 앉아서
그 많은 먹갈치 꽂게 조기 병어 등을 파시면서도
항상 웃는 얼굴로 우리를 대하셨다

하굣길에 장이 바쁜 시간에는
엄마 옆에 앉아서 심부름을 하고
저녁이면 동생들 밥먹이고선
시장바구니에 저녁밥 챙겨서
엄마 식사 배달해 드리고는 했다

우리 큰딸 살림 밑천이야
반찬도 잘하고 늘 칭찬해 주고
용돈도 듬뿍듬뿍 챙겨주신 엄마가 그립고 보고 싶다

나는 바쁘고 힘이 들땐
내 엄마의 모습이 떠오른다
얼마나 힘이 드셨을까

흐르는 세월

하루가 지나고
또 하루가 간다
한주일이 가고
또 한주일이 간다

무심히도 잘 지나간다
어릴 적엔
그리도 더디게 가더니만
어른이 되고 보니
잘도 지나간다

환갑을 넘고 보니
쏜 화살처럼 날아가고 있다

눈물이 난다
슬퍼서 나는 것이 아닌데
그냥 나도 모르게 눈물은 난다

오늘은 가는 시간을
붙잡고 물어봐야지

왜 그리도 바쁘게 가고 있는지를
대답을 해줄지
잘은 모르겠지만 …

자급자족

아침에 일찍 장을 봤다
우리 집 텃밭 비닐하우스

토실하게 살이 오른 자줏빛에 늘씬한 가지
빨갛게 물이 오른 토마토
그 옆에 고개를 들고 나를 유혹하는 방울토마토

아이구 나이 먹어 늙어버린 오이 노각이
덩굴 속에서 애처롭게 슬며시 얼굴을 내밀고 있네
돌아서서 나오는데 연녹색의 청상추가
내 치마꼬리를 붙잡고 놓아주질 않는군요

부지런히 토마토 갈아서
남편도 한잔, 나도 한잔

비닐하우스에서 장을 본 것은
뚝딱 밥상 위에 밥도둑으로 변신하여
아침식탁에 만찬으로 변신

오늘 반찬은
모두가 공짜

보고 싶은 얼굴

기다리고 기다리던 님!
당신과의 만남이 진정인가요
설레임과 그리움 되어
손꼽아 기다렸다네

당신을 알고부터
내 곁에 있음을 느꼈어요

우린 떨어져 있는 것이 아니라
항상 함께 하고 있었다는 걸

당신의 문학 속에 녹아있는 얼과
그대의 감미로운 목소리의 시낭송
모든 듣는 이의 가슴에
새겨지는 진한 감동과 여운을 주는
글쓴이의 아름다운 세계를 대신하여
전해주는 징검다리 역할을 하지요

당신이 있어서 더욱 빛나게 하고
우리 모두를 행복하게 해주는 전령사

님이시여 부디 고운 밤 되소서!

사람이 꽃보다 아름다워

애월, 당신은 꽃보다
아름다운 님이여

당신의 낭송시는
인생의 희로애락을

말해주고 힘과 용기를
감동과 긴 여운을 준다오

행여나 여리고 고운 마음
장미가시에 상처를 받지 마오

우리 사이

당신과 난
몸따로 마음 따로

사돈과 난
가깝고도 먼 사이

부모와 자식
늘 퍼주는 사이

동서와 난
한편 먹은 사이

시누와 올케
남은 아니고
그냥 아는 사이

행복이란

눈에는 보이지도 않고
만질 수도 없지만
나 혼자 느낄 수 있는
아름답고 멋진 감정

돈으로도 못 사는
아주아주 작은 것을
우주보다 크게 느낄 수가 있답니다

내 가슴속 간직한 것을
용기 내어 표현 할수록
더욱더 커지는 묘미가 있답니다

나 혼자만 느끼다가
들켜버리고 마는
나와 너 소통하는 주고받는 사랑이 되죠

나누면 나눌수록
더욱 더 커지는
행복한 인생이 되어지길 바래본다

오늘도 힘차게

흐린 날씬
비는 잠시 멈추고

무거웠던 마음을
떨쳐버리고

용기 내어 씩씩하게
하루를 살자

논밭에 푸른 곡식도
다행이에요 하는 듯이
제 모습을 자랑하고

집나간 제비도 둥지를
찾아와서 힘차게
비행을 한다

무너진 논두렁에
삽질을 하고 보수를 한다

숙면

초저녁부터 졸리더니
깊은 잠을 잤다
새벽까지 세상모르게

아무리 복잡하고 잡다한 일도
깊은 잠에 빠지면
잊어버리게 된다

나를 힘들게 하고 어렵게 하는
모든 시름과 걱정들
이 또한 지나가리라

계절의 변화가
나도 모르게
찾아오는 것처럼…

새로운 세상

헝클어진 질서를 바로 세우고자
고군분투하고 희생과 열정으로 헌신하는 그대

장미의 아름다움은 향기로운 향기가
장미는 가시가 있어 쉽게 꺾이지 않네

초심으로 돌아가서 아름답고 순수하며
서로 소통하는 아름다운 인연

귀중한 인연으로 가꾸어 가길 바라네
부족한 글도 귀하게 여겨
당신의 시낭송을 통해서 감동의 시향이 된다네

부디 행복한 날갯짓을 펼쳐
저 창공을 날아가기를 기도합니다

월요일엔

비는 멈추고 상쾌한 바람이
살갗을 스치고 지나가네

하늘을 바라본다
아하 구름사이로 환하게 빛나는 태양

어제까지도 애태우더니
날 바라보는 모습이
살짝쿵 윙크하네

푸른빛으로 물들어 놓은
한 폭의 수채화도 좋아요

왠지 월요일엔 새로운
애인이 생길 것 같아

쓸쓸한 등불

등불을 환하게 비추어라
불을 밝혀
어둠은 사라지고

웃음과 환호의 기쁨이 넘치는
등불이 진정한 아름다운 빛이다

그 불빛 아래 모여야
생명이 있고
흩어지면 쓸쓸한
등불이 된다

동학사

산악회 모임에서
산행을 나왔다

등반은 안하고
계곡의 정취에
빠져든다네

시원한 물소리
발을 담그니
세상 걱정은
온데 간데 없네

발이 시럽다
오장육부에 시원함이 전해져
너무나도 시원하다

초록의 나무들도
나의 행복한 모습에
씽긋이 미소를 보낸다

시원한 바람이
불어온다

오늘의 약속

눈 빠지게 기다리던 그날
보고픈 흠모하던
짝사랑 오빠 만나는 날

술병이 났다는데 나오시려나
바람난 민들레 찻집으로
술국이라도 드시옵소서

쑥국 쑥쑥국
제발 비야비야 내리지 마라

내님 오실 때 흙탕물 튀기지 않게
꽃길 즈려밟고 살짝쿵 오시옵세요

만남

우리 만남은
문학의 장을 통한
소통하는 시간이었다

시를 통해 서로 아름다운
감성의 세계가 펼쳐지는
세계

인생의 슬픔을… 사랑을… 일상을 나누는
시의 세상

글을 통하여 사람을 만나고
사람을 만나서 사랑을 느끼고
사랑이 곧 시가 되는 세상

서로 감동하며 공감하며
소통하는 시간

행복이여라
내 인생
추억의 한 페이지

남편 바라기

아내는 남편이 좋다하면
나도 맛난 거 있으면
자기야! 이거…
아프다 하면 깜작 놀라
어디가?

언제부턴가 이렇게
모든 것이 변해버린 나
그의 소중함을 알기에
그렇게 된다

죽음의 문턱을
몇 번씩이나
겪어보면 그렇게 사는 게지

시화집

내 인생의 첫 시화집이 나온다네
미리보기로 받아서 보았네
다시 보고 또 보고
몇 번을 읽었습니다

처음 쓴 글이라
조금은 어설프게 느껴진다네

자꾸자꾸 눈으로 읽고
마음으로 읽어 봅니다

오늘 새벽에
눈을 뜨고 다시 한 번 더 읽어보니
글을 쓰던 그 순간이 가슴으로 느껴진다네

기쁨과 환희 가득한 나의 첫사랑
시화집에 꽃이 피었습니다

보고 싶은 얼굴

동그라미 그리려다 무심코 그린 얼굴
내 마음 따라 피어나던 히얀 그때 꿈을
풀잎에 연 이슬처럼 빛나던 눈동자
동그랗게 동그랗게 맴돌다 가는 얼굴

얼굴의 노랫말 가사이다
옛적에 편지 글에 곱게 써내려 간 글
세월이 반세기 가까이 지났지만
지금도 살며시 두 눈을 감으면
젊은 시절 베레모를 쓴 풋풋한 모습의
얼굴이 떠오르네

어느덧 세월이 흘러 칠순의 노인이 되었건만
그의 모습 속에는 젊은 날의 얼굴이 겹쳐져 보이네

세월이 유수와 같다고 하지만
한 정점에 서서 뒤돌아보니
우리네 인생이 한 순간에 불과하구나

태풍이 지난 후에 추적추적 내리는 빗소리가
눈물 되어 흐르고
시계 바늘의 초침 소리는 가슴을 먹먹하게 만드는구나

불현듯이 생각이 나 곱게 책갈피에 접어둔
옛 추억을 살며시 꺼내어 본다

오늘의 일기

걷는 것이 최고의 건강이라
실천하고 싶어서
아침 일찍 동네 한 바퀴 산책

시원한 공기가 벌써 가을을
실감나게 한다

논에 벼이삭은 하루가 다르게
영글게 보이네
논둑에 풀을 깎는 애초기 소리가
윙…윙
요란하게 들리네

팔순이 넘은 어르신
아직도
농사일에 현역으로 일하시네

새벽비

만물이 잠든 고요한 밤에
새벽비 주룩주룩 내린다

가을의 문턱에서
코스모스 피어나고
노란 국화꽃 향기가 물씬 풍기는데

간밤에는 조용히 잠잠 하더니만
자정을 지난 시각 이후
지붕을 두드리는
빗소리에 잠을 깼다

외양간 송아지 울음소리
음메음메 정적을 깨뜨리고
빗줄기 소리 점점 더 세차게 내린다

주루룩 주루룩 주루룩

산책길

아침 산책길에 만나는 노부부가
오늘은 우산을 들고
천천히 걷고 있네
몇 번 만났기에 먼저 반갑게 인사드린다
활짝핀 얼굴로 답하시네

기분 좋게 걷다가
안테나 꼭대기에 새 한마리
까악까악
미동도 하지 않고 앉아서
까악 까까악 신랑새 부르나 보다

요즘 산새소리에 빠져
온통 새소리만 내 귓가에는 들린다

기분 좋은 까악까악
그리고 짹짹짹

모든 지저귐에 나는
반응하여 행복해한다

저 멀리 푸드득 하늘을
힘차게 비상하는
까마귀

사랑하는 나의 아들

이 새벽에 눈을 떠 너를 생각한다
아들아!
불러만 보아도 애미의 마음은
가슴이 벅차고 기쁘단다

너를 잉태하고 얼마나 기쁘던지
이름은 어떻게 지어야 할지…

갑자기 진통이 와서
친정 엄마와 이모님 덕분에 집에서 분만을 했지
아들은 순산을 했는데
태가 나오질 않아서 이 애미는 많은 하열을 했지

튼튼하고 환하니 얼마나 잘생겼는지
아픔은 사라지고 기쁨만이 충만한 순간

효자동 작은 교회 새벽에서 새벽기도를 다니면서
목사님께 만두를 빚어다 드리면서
아들의 이름을 기도로 부탁 드렸는데
이길 勝 무릇 凡

내 아들의 이름은 勝凡 여호와께서
다윗과 함께 하서 전쟁에 가는 곳 마다
이기게 하서서 범사에 감사를 드렸다
얼마나 이애미는 기쁨과 행복이 충만한지

주님의 쓰신다면 제가 나아가리라
너의 고백을 몽당연필 詩로 표현해
이 애미는 더없이 기쁘단다

아내와 함께 대학원 공부하면서
세종의 샘솟는 교회를 섬기는 모습 속에
주님의 주신 사명을 잘 감당하며
한 영혼을 위해 기도하는
주님의 제자가 되길
애미는 늘 기도 드린다

사랑하는 사람 있네

나 행복하네요
사랑하는 나의 님
내 옆에 있네요

언젠가는 떠나지만
추억 속에 가슴속
저 깊이 차지한 자리에
사랑하는 아들
전화로 목소리 들리네

하루 종일 마음 뿌듯해
예쁜 손주들 할머니 부르면
봄눈이 녹듯이
스스르 녹아내리는 모습

딩동 소리에 귀 기울이면
사랑하는 문우님들
감동과 환희에 찬 희로애락

그 속에서 피어나는 아름다운
인연의 소통의 이야기 꽃
나는 사랑하는 사람 있네

안부

옛 친구 안부를 묻네
한때는 친구의 詩
아니 그의 글 세계에 빠져
눈을 뜨면 밴드의 창을 열었지

밤새 詩밥 짓는 소리
엑스레이 뒹굴뒹굴
무엇으로 詩밥을 지을까

가난한 글쟁이의 어린 시절
실컷 얻어터지고 몇 푼 받아
뒷골목 선술집에서 아침밥을 먹는다

뜨끈한 국밥에
사나이 뜨거운 두줄기 눈물 말아 먹는
가난한 글쟁이

그의 안부를 묻는다

불타는 황혼

하루 눈을 떠서 분주한 일상
어정 7월 지나가고
동동 8월 한가위 밑에
너무도 분주한 순간

해질 무렵 서산에 넘어가는 저 붉은 해가
너무나 아름다워서
이십년 타고 다닌 내 차 포터를
길 가장자리에 세워봅니다

저녁노을 山허리 넘어가는
찰라 탄성이 나오네요

너무도 아름다워
황홀의 극치

만남과 인연

수많은 사람들 속에
스쳐지나 가는 인연

그 속에서의 만남은
무엇을 의미할까요

지난 시간 속에서
이곳을 통해서 함께
글을 올린 가난한 시인의 글이
내 마음을 슬프게 한다

젊은 날의 사랑도 잃고
사랑하는 여인은
수녀원으로 보낼 수밖에 없었던 피 끓는 청춘

오십년 대를 그의 이야기를 통해서
뒷골목의 가난한 전후 세대의 삶을 표현한
70의 노인이 된 그의 글이 생각나며
쓸쓸하게 지낼 그가 보고 싶다
그의 시가 보고 싶다

이 가을에…

따스한 손길

새끼고양이
병원앞 상자 안에
야옹야옹 울음소리

통닭집 아저씨와
야채가게 아주머니
물을 떠다 주고
먹을 것을 담아준다

새까만 눈동자에
눈물이 그렁그렁
눈물샘에 고여 있다

보름달

대낮에도 하얀 둥근달이
떠있습니다

섣달에 뜬 보름달이
환하게 웃고 있네요

보름만 지나면 설이 됩니다
벌써 새해를 맞이하여
1월이 지나갑니다

다시 한 번 새롭게 다짐하면서
시작하는 의미를 새겨봅니다

가는 겨울이 아쉬워서
강풍과 동반한 하얀 속살의 흰 눈이 펑펑

까마귀의 마중

내가 산속의 주인이다 소리치며
까악 노래 부르며
온 산하를 휘젓고 다니는 까마귀
깍 깍 깍

무엇이 저리도 좋을까
우리 사람들이 줄지어
까마귀 동산에 들어오니
까마귀 신났다

우리 일행을 마중 나와
찬사를 보내듯
내 머리 위에서
빙빙 돈다

까마귀야 고맙다
난 손을 흔들어
답례를 한다

당신과 나

은빛으로 물든
당신의 머리카락

구부정한 어깨에
주름진 얼굴

가슴이 저려오는
애타는 나의가슴

당신의 머리카락
메만져 봅니다

당당하게 넓은 가슴
기대던 그때 그 순간

지금도 어제처럼
생생하게 느껴지네

부모님 모시고서
효도하며 살아왔던
그 시절은 지나가고

우리가 부모 되어
노년의 인생을 살아가네

차 한 잔 詩한수

따뜻한 차 한 잔
한 모금 목을 적신다

읊조리는 외마디 소리
아…아
좋…다

그님 내옆에 계셔
이 가슴이 뜨거운 건

뜨거운 차때문인가
당신의 눈길 때문인가

세월의 흔적

어느덧 한 장 달랑 남은 달력
수많은 사연과 사건 속에도 한해를 살아왔네
힘겨운 일도
때로는 즐겁고 기쁜 일도 있었지

아파서 너무 아파서 병원 신세를 지고
나 홀로 덩그러니 버려진 느낌도 들었지

코로나로 찾는 이 없는 병실에서
주사병을 응시하고 있는 모습이
이대로 잊혀진 존재가 되버리는 건 아닌지
쓸쓸하게 보낸 날도 있었지

가을 낙엽이 되어서 길가에 뒹구는 잎새처럼
사그라지고 밟혀서
바람에 흩날리는 마른 잎 되어
버려지는 시간
그 모든 것이 다 지나가고 있다네

세월이란 이름으로
오늘도 가고 한해도 가네
어디를 향하여 달려가고 있을까

남는 것은 추억이란 기억의 흔적뿐일세
희로애락
순간마다 느끼고 즐기세

그리움

보고 싶은 어머니
당신이 내 곁을 떠난 지
삼십오년이 지났네요
한 번도 꿈에도 오시질 않으시는군요

어머니 떠나시던 그날
한없이 울었답니다
환갑도 안 된 나이에
남편과 오남매 자녀들 뒤로 하고
그 먼 길을 홀로 가셨으니
얼마나 외로우셨을까나

이 여식 이제는 당신이 살아오신 그 길을
이렇게 살아가고 있답니다

당신 닮아서 열심히 그 모습 그대로
인생을 살아가네요

한해가 저무는 이 새벽에
보고 싶은 당신께 미안해요

사랑해요
어머니 그립습니다

일상의 행복 2

고운 밤 깊은 잠에 들고
아침에 눈을 뜹니다

새날이 기다리며 오늘을
기대해 봅니다

차가운 공기가 겨울을
느끼게 하는군요

인생만이 느낄 수 있는
소망을 담은
내일의 꿈

따뜻한 차 한 잔의 행복이
편안한 얼굴로 반기네요

주인과 손님

말뚝 박고 금 그어서
이곳은 내땅이라고 하던
시절이 있었습니다

척박하고 돌멩이 많은 비탈진 산길에
새끼줄 치고서
개간하고 살았다고 하더군요

세월이 흘러
불하를 맡았다고 했습니다

한 육십년전에 있었던 일로 기억 됩니다
수도시설도 없고 전기도 없었는데
지금은 그곳이 고층아파트 단지로
온천지가 금싸라기 땅이 되어 버린 곳

그곳에 정착한 사람들은 다 떠나 객이 되고
돈 있는 사람들만이 그곳의 새로운 주인이 되어서
편안하고 안락한 삶을 살고 있지요

쥐구멍에도 볕들 날이 있다는 속담이 있네요
언제 따뜻하고 환하게 빛나는 볕이 들지는 모르겠지만
그날을 기대하며
오늘도 달려가야 겠습니다

희망찬 내일을…

내 폰

새벽녘 눈을 뜨면
너를 만져주고 손에 꼭 쥐어본다
하루 종일 만지작거리며 속삭인단다

감미로운 음악을 듣고 하루의 스케줄을 보고
글을 써보고 안부를 물어본다

언제부턴가 내 옆에 꼭 붙어있는 너
눈에 띄지 않으면 어디에 있나
여기 저기 찾아본다네

너는 내 친구 나의 말벗이 되어서
내속의 나를 표현하고 그대로 넌 기억하고 있단다
특히 잔소리는 하지 않는다

고마워요, 그리고 내 옆에 있어 좋아

가시는 길에

키 크고 유머 많으신 어르신 아니 젊은 오빠
마을에서 여행가면 당신의 십팔 번 노래
산유화를 멋들어지게 한곡 부르시면
여기저기서 앵콜곡 신청이 들어온다
재밌는 유머로 관광버스 안은 웃음꽃이 피어난다

항상 청춘인줄 알았는데
청바지에 챙모자 눌러 쓰고서
스쿠터 부릉부릉 타고서
윗동네 아랫동네 질주하시며 인사하면
휘파람 휘이익 불어주신 유쾌한 청춘의 심볼

벌써 팔순이 넘고
동네 이장님 방송 소리가
올해 두 번째 슬픈 소식을
스피커를 통해 전해주네

한집 장례식 끝난 직후에 전해진 비보는
마을 전체를 슬프게 만든 날

가시는 님의 길에 산유화를 불러봅니다
영면하소서 사랑합니다

캘리와 함께

생소한 이름의 캘리
너를 만나 두근두근

기다리던 동인지 창간호
내 가슴에 품어보네

손에 까만 먹물을 묻히고
나는 행복하네요

목련이 필 때

아연 양영숙

목련이 필무렵
봄의 소식을 알려주네
잠자던 대지가
기지개를 펴봅니다
꽃망울이 봉긋이
솟아오르면
내사랑도 찾아오려나
나의 마음도 설레이고
산새소리도 정겨운데

님은 언제나 소식오려나